KB017826

시·사진집

부산, 사람

시 최주식 사진 임재천

제7부두에서 놀아보지 않고 / 부산사람이라고 말할 순 없지 / 레일 위에 쇠못 하나 올려놓고 / 기차가 지나가면
납작 자석이 되는 / 그 기적 같은 연금술을 모른다면 / 하적장이나 선적장 아무 데나 / 허투루 쌓아둔 가마니 틈
삐져나온 하얀 고구마 빼떼기 / 그 텁텁한 단맛을 모른다면 / 그걸로 소주를 만든다는 것 / 그래서 소주가 체질이

되었다는 걸 / 모른다면 말할 것도 없지 / 그러다 심심해지면 컨테이너 박스를 타고 / 홍콩이나 상하이 시모노세키 / 옆집 자야 만나러 가듯 / 슬쩍 건너가보지 않았다면 / 말할 수 없지 부산사람이라고 / 나야 저 바람 부는 부에노스아이레스와 / 남아프리카공화국 케이프타운에 가서 / 만델라 아저씨와 악수도 해봤지만 말야

6
2
1

권태의 바다에서

건져 올린

‘영화’라는

꿈

부산 釜山

자갈치시장과 영도 사이 바다에는 지금도 통통배가 오가고 있다. 이 물길을 오가는 나룻배의 역사는 100년이 넘는다. 다리를 번쩍 드는 진풍경을 보여주던 영도다리는 추억의 명소로 남아있고, 용두산 공원이며 동광동, 중앙동 40계단 골목길에는 늦가을 애수가 익어간다. 길을 가다가 영화의 배경을 만나는 일은 이제 부산에서는 흔한 일이다

사금파리처럼 빛나던 십대의 청춘에도 권태를 못 이겨 어찌하지 못했던 시간들이 있었으니, 그런 순간이 밀물이 되면 바다를 찾았다. 그리고 바다가 지겨워지면 어두운 극장가로 스며들었다. 영화를 연속해서 두 편이나 보여주던 동시상영관은 그 시절의 파라다이스. 대형 스크린에는 가끔 총천연색 비가 내리고 낡은 영사기에서 뿜어져 나오는 하얀빛에는 언제나 몽롱한 담배연기가 춤을 추곤 했다. 아련하지만 남루했던 시간들. 그래도 영화를 보는 순간은 행복했으니 영화를 통해 꿈꿀 수 있는 무언가가, 실존과 존재가, 벗어나고픈 욕망을 대신해 주었다. 영화 아니었으면 무엇이 그것을 위로했을까. 우리는 저마다의 <할리우드 키드>로 한 시절을 견뎌냈다.

자갈치시장에서 통통배가 영도를 왕래하다

자갈치시장에서 바닷가로 나가면 건너편으로 태종대가 있는 섬 영도가 보인다. 뭍과 섬을 잇는 다리가 두 개 있는데, 신·구 영도다리로 불린다. 이곳 자갈치시장 쪽에서 영도 대평동까지 통통배가 왕래하고 있다. 이 물길을 오가는 나룻배의 역사는 자그마치 100년이 넘는다. 물론 시내버스가 다리를 건너다니지만 물길을 이용하면 채 5분도 걸리지 않는 잠깐 사이에 질러갈 수 있다. 통통배는 오늘도 장 보러 나온 아주머니를 비롯해 직장인, 학생들을 실어 나른다. 영화 <첫사랑 사수 궐기대회>를 본 이라면(예고편에도 나온다) 차태현이 배를 타고 다리 위의 손예진에게 확성기로 구애하는 장면을 기억할 것이다. 바로 이곳이 배경이다.

구 영도다리는 우리나라의 첫 연륙교이자 다리의 일부분을 들어올리는 국내 유일의 도개식 다리였다. 1932년에 착공해 1934년 11월에 완공되었고, 오전과 오후에 각각 세 번씩 다리를 들어 올려 큰 선박들을 지나가게 했는데 개통식 때는 이 진풍경을 보기 위해 인근 김해, 밀양 등 각지에서 6만여 명의 구경꾼들이 몰려들었다고 한다. 윤진상의 소설 『영도다리』는 그 시절 풍경을 이렇게 쓰고 있다.

"남한으로 갈라문 맨 끝탱이에 부산이란 데가 있다더라만, 살라문 거기로 가야 한다는기야. 기라구, 거기에 가문 말야. 무신 다리가 있는데, 기린데, 그 다리가 하루에 두 번씩 벌커덕, 든다는 거야."

이처럼 영도다리는 한국전쟁 때 수많은 피난민의 이정표 구실을 하면서 더 널리 알려졌다. 피난민들은 당시 영도다리에만 가면 친인척을 찾을 수 있을 것이라는 막연한 기대로 모여들었고, 이들의 답답한 사연을 들어주던 점쟁이들이 성업했다. 지금도 즐비한 영도다리 아래 점집촌(점바치골목)의 유래이다. 또한 영도에 들어서면 200여 곳에 이르는 중소 규모의 조선소가 역동적인 풍경을 보여준다.

동광동 백산거리 끄트머리에 폐가가 된 적산가옥 하나가 눈길을 사로잡는다. 그동안 부산이 겪은 영욕의 한 자락을 보여주는 장면이다. 이곳 주민은 "일본 사람들이 이 앞에 와서 사진 찍고 좋아하는 모습이 꼴 보기 싫다"며 "왜 허물어지고 있는 집을 그냥 방치하는지 모르겠다"고 말한다.

부산 시내를 한눈에 내려다보려면 부산타워가 있는 용두산 공원으로 가야 한다. 가는 길은 몇 갈래가 있는데 부산호텔과 타워호텔 사잇길의 계단을 오르는 것이 운치 있다. 여기서 중앙동 방면 골목으로 걸어가면 40계단이 나온다. 겨우 40개의 계단이 전부일 뿐인 이 40계단이 유명해진 것은 '40계단 층층대에 기대앉은 나그네…'로 시작되는 대중가요가 히트하면서부터. 한국전쟁 무렵 이 일대에는 피난민들이 이룬 판자촌이 밀집해 있었다. 그때만 해도 이곳 40계단에서 영도다리를 바라볼 수 있었다고 한다.

40계단에 기대고 앉아 낮에는 영도다리를 바라보며 피난살이의 고달픔을 달랬고, 밤에는 부산항에 정박해 있는 숱한 선박들의 휘황찬란한 불빛을 내려다보며 향수를 달랬다.

이곳은 또한 왜정 때 '꼬칫집'들이 많았던 곳으로도 이름나서 술꾼들이 즐겨 찾았다고 하는데 지금도 그런 분위기가 남아 있다. 한편 이명세 감독의 영화 '인정사정 볼 것 없다'에서 비지스의 홀리데이가 흘러나오며 안성기가 송영창을 칼로 찌르는 장면이 나오는데 바로 그 배경이 40계단이다. 마음 스산할 때, 늦가을 비에 낙엽 우수수 떨어지는 날 한 잔 마시러 가고 싶은 곳이다.

용호동 오륙도. 바로 눈앞에 와락 그 섬이 덤벼들다

사실 어느 지역의 명소라 하는 것에는 오히려 외지인보다 그곳 사람들이 잘 모르는 경우가 많다. 늘 가까이 있으니 유별나지 않은 탓이다. 오륙도 또한 그런 곳 중의 하나이다. 날씨 좋은 날은 여섯 개, 그렇지 않은 날은 다섯 개만 보인다고 해서 오륙도란 이름이 붙었는데, 항상 멀리서만 바라보는 것인 줄 알았다. 먼 바다 한가운데 떠 있는 섬 인줄로만 알았던 오륙도가 육지 바로 옆에 붙어 있을 줄은 예전엔 미처 몰랐다.

용호동 22번, 22-1번 버스 종점에 내려 바닷가 쪽으로 나가면 바로 눈앞에 우뚝 솟은 작은 돌섬 하나 와락 덤벼드는데 이것이 바로 오륙도이다. 그 뒤로 작은 섬이 연이어 이어지는데 주변 언덕을 올라가면 그 뒤의 섬 하나가(등대구조물도 조금 보인다) 더 보인다. 여기서는 여섯 개가 다 보이지는 않지만 지평선과 해안 절벽이 멋진 풍광을 이룬다. 마침, 유람선 하나가 지나간다. “오륙도 돌아가는 연락선마다 목메어 불러봐도 대답 없는…” 조용필의 ‘돌아와요 부산항에’가 떠오르는 순간이다.

갯바위에는 낚시하는 사람들이 많다. 아득한 지평선, 잔잔한 바다 위로 따사로운 가을 햇살이 쏟아진다. 언덕 바위 위에 앉아 모처럼 호젓한 시간을 즐긴다. 언덕에서 주변을 천천히 돌아보면 동네의 풍경이 한눈에 들어온다. 특이한 것은 무수히 많은 계사(鷄舍)다. 용호농장이라 불리던 이곳은 예전에 나환자들이 집성촌을 이루어 살았는데, 양계를 생업으로 삼았기 때문이다. 지금은 모두 다른 곳으로 이주해 재개발을 앞두고 있다. 이제는 곧 사라질 마지막 장면이다.

신발산업이 무너진 뒤의 부산은 이렇다 할 산업기반이 없다. 세계 3위의 부산항도 안팎의 시련을 맞고 있다. 자갈치시장 또한 어획량 쿼터제와 중국산 생선 수입 등으로 경기가 예전만은 못하다.

물론 이런 것을 다 떨칠 수는 없겠지만 부산이 영화의 도시로 거듭나고 있는 점은 반갑다. 올해 제8회째를 맞은 부산국제영화제가 기대 이상의 성과를 거두며 세계적인 영화제로 우뚝 서고 있는 것이다. 해마다 영화제 기간이 되면 남포동 영화거리와 해운대 일대 인파가 파도처럼 넘실거리는 풍경도 이제 자연스러운 일이다.

밤이 내리고 부산영화제 개막식에 갔다. 수영만 요트경기장에 마련된 야외무대는 다소 쌀쌀한 날씨였지만 사람들의 열기로 뜨거웠다. 정박해 있는 요트들은 마치 베니스에라도 온양 이국적인 분위기를 만들고 그 뒤로 광안대교가 멋진 배경이 되어준다. 화려한 불꽃놀이에 이어 초대형 스크린 위로 꿈의 피사체가 쏟아지고, 그렇게 축제의 밤은 깊어져 갔다.

월간 <자동차생활> 2003년 11월호에 글 최주식 편집장 사진 임재천 다큐멘터리 사진가 이름으로 실린 여행기. 어쩌면 이번 시·사진집의 출발점이다.

부산, 사람

시·사진집

목차

시 최주식 사진 임재천

영도구 봉래동
영도구 대평동
동구 초량동
영도구 영선동 부산남항
남구 용호동 신선대
남구 감만동
남구 우암동 부산항 제7부두
중구 남포동
서구 남부민동 부산공동어시장
영도구 남항 정박지
기장군 장안읍 임랑해수욕장
수영구 광안동
수영구 광안해수욕장
남구 용호동 오륙도
사하구 괴정동 시약산
영도구 영선동
영도구 동삼동 태종대
해운대구 중동
해운대구 중동 해운대해수욕장
남구 용호동 이기대
중구 광복동 용두산공원
영도구 청학동
수영구 민락동
남구 우암동
서구 서대신동 구덕산에서 바라본 영도

동구 초량동
부산진구 범천동
부산진구 전포동 황령산
서구 암남동 송도거북섬
부산진구 전포동 황령산 봉수대
해운대구 중동
중구 대청동 남성여고
동구 범일동
동구 초량동
중구 영주동 산복도로
동구 좌천동 매축지
중구 중앙동
서구 서대신동
북구 구포동
중구 부평깡통시장
중구 중앙동 부산데파트
중구 중앙동
해운대구 우동
동구 초량동
동래구 안락동 충렬사
동구 초량동 옛 백제병원
금정구 청룡동 범어사
북구 만덕동 석불사
기장군 기장읍 오랑대
기장군 기장읍 연화리

창윤호
대길11호

MIFE

영
안
보호구

도 조선
전 제일

마개착용
ear protection
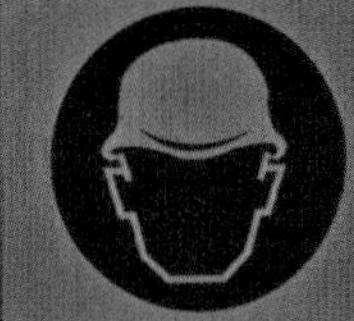
안전모착용
Wear head protection

보안경착용
Wear eye protection

안전화착용
Wear foot protection

방진마스크착용
Wear dust mask

방독마스크착용
Wear gas mask

느리게
걷다

아침에는 가득 찼다가
저녁이면 텅 비어 오는 나는
가득 찼을 때나
텅 비었을 때나
아무 소리를 내지 않는다

그건 내가 느리게 걷는 사람의
손에 들려 있기 때문이지
느리게 걷는 사람들의
느린 시간 속에서
만들어진 배는
세상 어느 배보다
바다에서
강한 법이다

느리게 걷는 사람의
밥을 품은 나도
그러하다

대평동의 아침

어제를 수리한 아침이 오면
용접 불꽃처럼 눈부신 햇발
잠깬 이들의 창밖으로
쏟아지는 기지개의 함성
새들, 망치 소리로 날아오르고
신발 끈 동여매고 선 두 발
굳은 살 박힌 두 손으로
푸른 철문을 연다
오라, 부서지고 깨진
세상의 모든 하루여

부산광역시 동구 초량동

봄이 오면 추웠다

봄이 오고 꽃이 피면 추웠다
어디서나 바닷바람이 불었다
바람이 다녀간 외투를 털면
투두둑 소금이 한소끔 떨어졌다
소금을 모아 서랍에 넣어 두었다
하루의 상처 삭혀줄 일용할 양식

소금에 절인 시간이
바람벽을 세우는 동안
문밖에서 서성이는 아침
누군가의 내벽은
누군가의 외벽
수족관 트럭에 실려 온
은빛 파도가 서늘했다
서늘함은 지독한 생의 동기

꽃이 피고 봄이 오면 추웠다
어디서나 바닷바람이 불었다

집으로 가는 길

세상에서 가장 좋은 길
집으로 가는 길

세상에서 가장 좋은 일
집으로 가 너를 만나는 일

지금은 없는

부산광역시 영도구 영선동 부산남항

101
OSG ADMIRAL
HONGKONG

신선대에는
신선이
사는데

툭 하면 용당 간다고
신선대 놀러 간다고
작대기 하나로 자치기
산 하나 가볍게 넘었다

누나가 일하는 동명목재
통나무 둥둥 떠다니는
부두앞 바다 놀이터
젖은 나무끼리 달라붙으면
무슨 수로도 못 떼어내는데

통나무 위를 뛰어가다
바다 속으로 첨벙했을 때
내 손을 잡은 손
그건 정말 신선이었다니까
그 말 다시 듣고 싶은

누나는 지금
어느 행성에 살고 있을까

부산광역시 남구 용호동 신선대

적기
赤崎

—

붉은 땅이었다
노을이 지지 않아도
바다는 붉디 붉었다
붉은 깃발이
해풍에 나부꼈다
적기라고 불렀다
적기 산다고 했다
감만동이나 우암동 언저리
적기 산다고 했다

적기 바다는 가끔
청산가리를 마신다고 했다
바다 위로 작은 비행기 뜨고
굴뚝 위로 붉은 연기 피어올랐다
입 속에는 항상
아카시아 꽃이 가득했다

입을 열 수가 없어
바다만 바라보았다
작은 배, 멀리 가지 못하고
아침에도 붉은 바다
붉은 바다에서 칡을 캤다
하얀 입술이 붉었다

적기라 하니 적기인줄 알았다
적기 산다고 했다

KMTC

PanStar
CMA CGM
CMA CGM

㈜금양제빙2공장
자갈치 공판장

춘호네건어
Cass

부산
사람

—

제7부두에서 놀아보지 않고
부산사람이라고 말할 순 없지
레일 위에 쇠못 하나 올려놓고
기차가 지나가면 납작 자석이 되는
그 기적 같은 연금술을 모른다면

하적장이나 선적장 아무 데나
허투루 쌓아둔 가마니 틈
삐져나온 하얀 고구마 빼떼기
그 텁텁한 단맛을 모른다면
그걸로 소주를 만든다는 것
그래서 소주가 체질이 되었다는 걸
모른다면 말할 것도 없지

그러다 심심해지면 컨테이너 박스를 타고
홍콩이나 상하이 시모노세키
옆집 자야 만나러 가듯
슬쩍 건너가보지 않았다면
말할 수 없지 부산사람이라고

나야 저 바람 부는 부에노스아이레스와
남아프리카공화국 케이프타운에 가서
만델라 아저씨와 악수도 해봤지만 말야

부산광역시 남구 우암동 부산항 제7부두

엄마의
해방
일지

자갈치 시장
엄마 손잡고 간
난전 꼼장어집
시장 갈 때마다
아껴 모은 쌈지돈
양념구이 일인분
소주 반 병
시침 없는 오후

니도 한 잔 할래?

내 나이 열 살 무렵
엄마의 해방구

부산광역시 서구 남부민동 부산공동어시장

리어카를
위한
소묘

리어카에 실려 온
바다가 잠시 쉬고 있다
담배연기가 끌고 온
화물선이 정박해 있는 동안
말 없는 마차가
바퀴를 내버려두고
그림자가 오늘의 회화를
완성하는 동안
퇴행성 관절염에 걸린
늦은 오후가
사금파리처럼 빛나는 동안

시간은 해변에서
모래성을 쌓는 아이
나는 그 아이를 오랫동안
바라보았으나
함께 놀아주지는 않았다

시간은 해변에서
파도의 압력에 밀려난 물
나는 그 물에 발을 적시지 않으려
뒷걸음치다
온몸을 다 적셨다

모래 바람

KORI
KORI

파지의
밤

내가 버린 파지의 글들이 모두 모여
한바탕 춤을 춥니다
죽은 혹은 죽임을 당한 추억들
너울에 출렁거리고
내 몸을 떠나간 기억의 세포들
인플루엔자균으로 떠돌고 있을 때
춤을 춥니다

내가 버린 파지의 글들은 사실
이렇게 모일 일이 없습니다
저것들은, 대체 뭔지 모르겠어요
한번도 만난 적 없는 내일처럼
서랍 속 조판되지 못한 활자처럼
그렇게 어울릴 수 없죠

나는 그저 수평선에 다리를 올리고
내게서 멀어지는
파도 소리 들어요

부산광역시 영도구 남항 정박지

장대높이뛰기를 하다

차가운 계절이 온다
그래도 물 속은 따뜻해요
아직

어디서 왔을까
종이배를 탄 사람
부산타워를 허리춤에 차고
노를 젓는다

나는 택시를 타고
광안대교를 건너다
수영터널을 번쩍 뽑아
장대높이뛰기를 한다

멀리 체르노빌이
후쿠시마가 가차이 보인다
종이배를 탄 사람은
어디까지 노를 저어갔을까

십일월이 지워지고
어디선가 다시
지어지고 있다

부산광역시 기장군 장안읍 임랑해수욕장

I'PARK

고래의
노래

—

북에서 왔다
서부로 간 할배는
아무 소식 못
들어봤는데

동부로 간 아배는
고래를 타고
돌아왔다

고래가 올 때마다
서부로 가는
긴
다리 하나 놓이고

아부지요
아부지요

부산광역시 수영구 광안동

모래
바람

시간은 해변에서
모래성을 쌓는 아이
나는 그 아이를 오랫동안
바라보았으나
함께 놀아주지는 않았다

시간은 해변에서
파도의 압력에 밀려난 물
나는 그 물에 발을 적시지 않으려
뒷걸음치다
온몸을 다 적셨다

시간은 해변에서
내 발가락 사이를 빠져나가는
모래 바람
언젠가 내 눈을 덮을
모래 그리고 바람

부산광역시 남구 용호동 오륙도

오륙도

운이 좋아야 여섯 개가 보인다는
그 말은 듣지 말았어야 했다
늘 보이는 것은 다섯 개
운이 좋았던 날은 거기 없었던 것이다

어디선가 나를 불러줄
어디론가 나를 데려가 줄
연락 실은 연락선은
여섯 개가 보이는 날은
오지 않았던 것이다

날이 더 좋은 날은
대마도가 보이기도 했지만
하와이가 보여도 매한가지
여섯 개가 보이는 날은
거기 없었던 것이다

구름이 낮게 뭉쳐 앉은
권태로운 날의 오후
연락선이 나를 데려가던 날에도
여섯 개는 보이지 않았던 것이다

을숙도

길은 끊어지고 어디선가
정태춘의 노래가 나왔다
소리 없이 어둠이 내리고
갈대숲에서 잠이 들었다

별들은 저들끼리 빛나고
고니가 물을 물어 주었다
구름이 닿을 듯 내려앉았다
주점에는 영업정지 팻말이
바람에 삐걱대고 있었다

어떤 강물은 바다로 나갔다가
사막에서 길을 잃었다

부산광역시 사하구 괴정동 시약산

부산광역시 영도구 영선동

시를 쓸 결심

시를 읽는 시간이 많아지면서
지옥같은 마음이 좀 잔잔해진다
구름 뒤의 해가 촉수를 높이고
시를 써야겠다고 결심하는 오후

창밖을 물끄러미
고양이와 눈이 마주쳤다
고양이는 외계인이 지구에 보낸
스파이라는 설이 있다
귀를 쫑긋해서 전파를 보낸다고
그르렁거리는 소리를 내지만
해부학적으로 그런 기관이 없다고

담장 위 구름 그림자가 사라지고
시를 써야겠다고 결심하는 오후
깜짝 놀란 고양이가 쫑긋 달아난다

아마 나의 동태를 보고했는지 몰라

부산광역시 영도구 동삼동 태종대

이송도에서

—

아카시아집 이송도를 불어오는 바람, 담배연기를 짧은 한숨
처럼 내뱉으며 걸어가 보면 햇살이 바다를 잘게 부수고 있는
것을 본다 그러면 내 눈에도 금이 가는 것 같아 찝찔한 것이
나오는 것 같아 외면하고 걸어야 한다 그러다 해안선을 따라
낮게 포복하는 순간이 온다 어디쯤인가 아름다운 생의 작별
하기 좋은 바위가 바다에 빠진 해를 다시 건져 올리고 있는
것을 본다

붉은 해가 떴습니다

자리에서 일어나야 한다
첫차가 올 시간이다

THE WESTIN CHOSUN

ZENITH
OCEAN TOWER
GLORY

THE WESTIN CHOSUN

ZENITH
OCEAN TOWER
GLORY

파동

—

움직이는 것은 에너지를 갖고
에너지는 긴장을 먹고 자라
에너지가 가장 큰 움직임은
화성으로 날아가는 새떼도
대양을 건너온 배도 아냐
지상을 전속력으로 질주하는
자동차는 더욱 아니고

그건 바로 말이야
말의 파동
사랑한다고 말할 때의
그 떨림과 파동
한 순간에 세상을 전복시키는 것

그러니 말을 해야 알지
세상 끝까지 가져갈 말이 아니라면

부산광역시 해운대구 중동

해운대
연가

—

어느 골목에서도 바다는 보이지 않는다
모퉁이 돌아서면 환하게 웃던 너는 없다
돌아서는 골목마다 벽이다
파도는 페루에서 날아온 새들의 그림
새들의 뼈로 쌓은 소금 기둥이 아슬하다
벽을 딛고 올라서면 언덕으로 걸어가는
해변의 모래들이 보인다 행군이다

언덕에서는 더 이상 언덕이 보이지 않는다
얼마나 더 높이 올라가야 보일까
숨차게 올라 가쁘게 만나던 바다도 이제
잔에 남은 소주 털어버릴 바닥도 없다
파도를 부순 자리엔 거대한 빌딩군단이
점령군처럼 팔짱끼고 내려다볼 뿐
더 이상 기차가 다니지 않는 동해남부선
철길 위로 새들 날아오지 않는다

뒤로 걸어서 갈 수 있는 날들은 없다
아무도 맨발로 걷지 않는 백사장에선
이제 누구도 길을 잃지 않는다
불꽃은 화려할수록 검은 연기를 남기고
모퉁이 돌아서면 환하게 웃던 너는 없다

끝

하루의 끝에서
한 발을 내딛으면
어디일까

너에게 가는 길의 끝은
너를 만나는 일이
아니듯이

언젠가는 모두 끝날 것이다
이 바다도

뒤에서 안아주는 사람
없었다면

부산광역시 남구 용호동 이기대

부산광역시 중구 광복동 용두산공원

용두산 엘레지

누구에게나 있다
용두산공원 부산타워 앞에서
친구들과 찍은 사진
그 사진 꺼내 들여다보면
누구는 저 세상 먼저 가 있고
누구는 아메리카로 가고
누구는 행방불명이고
누구는 며칠 전 술을 마셨다

누구에게나 있다
용두산공원 꽃시계 앞에서
만나자던 약속
그 약속 가끔 생각나
혼자서 공원 한바퀴
하릴없이 걸어보던 날이

누구에게나 있다
용두산아 용두산아
너만은 변치 말자
용두산 엘레지를 따라 부르던
엄마가 있다
엄마가 있었다

신도브래뉴
110
103

106

부산광역시 영도구 청학동

태풍 전야

젖은 신발을 신고
너무 오래 걸었다
젖은 신발을 신고
마침내 너에게 갔을 때
비달사순 드라이어기로
젖은 머리를 말리던 너는
나의 젖은 신발을 벗기고
젖은 발가락을 말려주었다
너무 뜨거워 그래 스위치를 누르자
미지근한 바람 수줍게 불었다
너의 말아 올린 삼선 추리닝
아래 젖은 종아리가
비에 젖은 하얀 초승달처럼
핏기 없이 하얀
커튼 없는 창가에 하얀
유효기간 지난 우유처럼 하얀
온통 하얀 벽장 속에 하얀
창틀 위로 하얀 종이비행기가
낮게 날아가며 흔들렸다

태풍이 오고 있었다

도시의 불빛

도시의 찬란한 불빛을
그리워 한 적이 있었다
어쩌면 머언 도시의
찬란한 피로를 좇아
그렇게 먼 바다를 떠돌아
헤매었는지 모른다

빛은 그림자를 남기고
그림자는 미련을 감춘다
등이 딱딱한 식물들은
배의 바닥에 집을 짓고
플래시를 든 내지인들이
다리 위에서 야경을 돌 때
파도는 하품처럼 부풀어 오르고
도시의 불빛을 먹고 자란
찬란한 검은 물고기들이
사람들의 잠 속에서
알을 낳는다

부산광역시 수영구 민락동

p 99

나는 철봉에 매달려 있어요
어느 날은 양미리로 어느 날은 청어로
바다에서 잡혀온 뭇 벗들과 함께 매달려있어요
바람 부는 날은 그래도 기분이 좀 좋은 편이죠
눈이 오거나 한파주의보가 내려도 괜찮아요
더운 건 질색이죠
태양은 너무 무자비하니까요
자비 이야기가 나와서 하는 말인데
하늘이 무심하다는 말 하지 마세요
마음이 없는 게 하늘이니까요
그러니 하늘에 빌지 마세요
그저 철봉에 매달려 한 시절 보내는거죠
나는 철봉에 매달려 있어요

철봉에
매달린
오후

공동화장실
관망월사
HITE
HITE
CASS

담배
CIGARETTES
좋은
데이

DONGJI

비 갠 저녁

억수 같은 비가 쏟아지고
땅에 부닥치는 속도보다 더 빠르게
내 가슴 두드리고 간 저녁
그 무슨 바람으로 자꾸만
골목길 나서는지요
아카시아나무 아래서
담배만 태워 물고
아무 생각 안했다하면
솔직하지 못하다 그러겠어요

단지 나뭇잎 하나 뜯어
바람에 날려버렸어요
그것뿐이에요

부산광역시 남구 우암동

목련이
질
때

사
람

몇 해 만인가
구덕산에 눈이 내리고
목련이 필 때까지
너는 오지 않았다

오지 않을 거였으면
아주 오지 않는 것이
나았을 지 모른다
목련이 지고 난 뒤의
폐허를 보지 않는 게
나았을지 모르는 것처럼

내 오랜 폐허 위에
목련이 쌓인다

부산광역시 동구 초량동

철봉에 매달린 오후

나는 철봉에 매달려 있어요
어느 날은 양미리로 어느 날은 청어로
바다에서 잡혀온 뭇 벗들과 함께 매달려있어요
바람 부는 날은 그래도 기분이 좀 좋은 편이죠
눈이 오거나 한파주의보가 내려도 괜찮아요
더운 건 질색이죠 태양은 너무 무자비하니까요
자비 이야기가 나와서 하는 말인데
하늘이 무심하다는 말 하지 마세요
마음이 없는 게 하늘이니까요
그러니 하늘에 빌지 마세요
그저 철봉에 매달려 한 시절 보내는거죠
나는 철봉에 매달려 있어요
오늘은 갈치로 매달려 있어요
좀 멋지죠 사람들이 탐을 내요
내일은 또 무엇으로
매달려 있을까요

파미르
고원에서
발을
녹이고

나의 집 지붕은 세상의 마당 파미르 고원에 아침이 오면 언 발 녹이고 길 떠나는 유목민처럼 뜨거운 커피 한 잔으로 마음을 녹인다 혈관 속에 흐르는 유목의 피, 피보다 붉은 카페인으로 씻어내고 다만 어딘가로 움직이기 위하여 카페인보다 검붉은 가솔린은 육지가 바다였던 기억에서 온다 지구 저편에서 아직 걸어오는 중이다 회전하는 바퀴의 가벼움을 보라 내가 파미르 고원을 걸어 다니며 보았던 세상의 모든 기억 얼마나 쉽게 지우는지 이렇게 가볍게 이토록 소소하게 세상의 마당에 아침이 오면

부산광역시 부산진구 범천동

황령산이 말하기를

나의 정기는
이놈들아
내 산자락 걸쳐 터 잡은
이 학교 저 학교
중머리 너희 놈들이
교가라고 불러대며
다 빨아먹지 않았더냐
그러니 한달음에 뛰어올라와
나를 밟고 올라서 소리 질러라
그래야 내게서 빼어간 정기가
돌아오지 않겠느냐
이놈들아

부산광역시 부산진구 전포동 황령산

송도

우리들의 전설은

아무리 애써도 사람 되기 어렵다는

못 이룬 사랑 반인반수의 이야기

눈물 마른 클리셰가 아니라

모래주머니 차고 뛰던 모래밭

바다 한가운데 떠 있는 다이빙대

아스라이 높은 그곳에서

세상 폼 혼자 다 잡고

무회전 낙하를 하던 시절

그곳에 있지

부산광역시 서구 암남동 송도거북섬

전포동

서면 가요 서면
버스 차장의 가느다란 외침
푸른 제복이 아직 수줍은데
앉으면 안 가는교
실없는 농담 한마디
그래도 모두가 웃던 시절
이제는 누구도 무슨 말도
아무도 얼굴 쳐다보지 않는
엘엔지 저상 버스를 타고
서면로터리 돌아
야트막한 언덕을 오른다

니 어디 가노
하얀 모자 푸른 청바지
빨간 장갑 노오란 각목
나를 보고 계면쩍게 웃던
친구가 살던 전포동 거리
낯선 이국의 카페 간판만
나래비
나래비

부산광역시 부산진구 전포동 황령산 봉수대

내 마음

젖은 마음은 언제 마르나
장마 전선은 북상 중이라는데
남쪽으로 갈거나 남으로
땅끝에서도 먼 섬으로 가볼거나
가서 빨래처럼 나무에 걸려
한 사나흘 햇볕 바람 맞아볼거나
그럼 나무가 되어
마른 장작이 되어
화톳불처럼 타닥타닥
태울 수 있을까
내 마음

추억 없는 사랑의 기억

어느 가을날 남성여고 시화전에 갔습니다 그날 한 여학생에게 반한 선배가 내게 편지를 대신 전해 달라고 했죠 며칠 뒤 나는 아무 생각 없이 교실 앞까지 찾아 갔습니다 소란하면서도 차분한 알 수 없는 냄새가 가득한 교정에서 갑자기 밀려온 창피함과 설레는 기분이 시소를 타기 시작했죠 노란 잎 떨어지는 은행나무 아래 서 있는데 계단을 내려오는 그녀가 보였습니다 눈을 마주치는 순간 내 가슴은 어찌 그리 쿵쾅거리던 지요 난생처음이었을 겁니다 그런 기분은 그녀는 대범하리만치 활짝 웃는 모습이었는데 아마 삼학년이라 그럴 거라고 나는 고작 일학년이었으니까요 편지를 건네받은 그녀는 이내 내가 쓴 편지가 아니라는 것을 알아차렸죠 아, 그 표정이라니요 원망과 경멸 섞인 얼굴로 나를 바라보는데 그게 더 예뻐 보였으니 미칠 노릇이었죠 나는 죄 없이 죄지은 사람처럼 어디 지구 바깥으로라도 달아나고 싶었습니다 아마 그날부터 일겁니다 내 오랜 달아나는 습관은요 지금도 가슴 뛰는 이것을 추억 하나 없는 사랑의 기억이라 말할 수 있을는지요

부산광역시 중구 대청동 남성여고

동구

—

가위 바위 보
내가 손바닥을 내밀 때
너는 두 손가락으로
내 심장을 자르고

가위 바위 보
내가 피에 젖은 손바닥을 내밀 때
너는 두 손가락을 툭툭 털며
아찔함 위로 올라섰다
그렇게 가벼운 발걸음!

가위 바위 보
내가 흥건히 피에 젖은 손바닥으로
계단 위에 선 너의 집을 허물 때
너는 두 손가락으로 나를 집어
기울어진 지붕 위에 올려놓았다
너의 뒷모습 더 잘 보이라고

개인
36바 6145

서면교차로 Seomyeon Jct
범내골교차로 Beomnaegol Jct
4107
釜山
Busan
300m

86
501-8600
코오롱하늘채
86
2021

교차로에서

우리는 모두 우연으로 만나
순간으로 스쳐 지나가는
상행선 혹은 하행선 열차처럼
탈선의 한순간 짧은 꿈 꾸다가
분명한 현실의 선로 위로 되돌아오지

노란 달이 뜨고 더이상 꽃피우지 않는 나무
종이집을 짓는 그대
보고 싶지 않아
그대 가면 뒤의 얼굴은 보고 싶지 않았어

우리는 한때 교차로에서 만나
어긋나는 안타까움에 발 굴려 보지만
신호등이 고장나기를 진정 원하지는 않았다

겨울이 봄의 목을 누르고 좀체 놓아주지 않을 때
내 주머니에 남아 있는 네 손의 온기
따뜻한 온기란 얼마나
속기 좋은가
치명적인가

부산광역시 동구 초량동

산복도로는 없다

산복도로 어디쯤인가
그의 집을 찾지 못하고
돌아선 날이 있었다
바다를 벗어난 해가
산허리에 오래 머물고
낮게 내려앉은 풍경에
현기증 나던 날이

86번 버스가 몇 차례
정거장을 지나가는 동안
그저 서 있기만 한 날이 있었다

구름에 가려진 해가
희미한 빛을 잃어가고
바다의 셔터 소리에
가슴 내려앉던 날이

멀리서 그리운 것은
그리운 것도 아니었던 날이

개축지업사
6466280
엘지
매
646-

9
고별정리전

25.32평
4500만원

바다로 가는
자전거

자전거를 타고 간다
단추 하나 풀고
배꼽까지 바람이
들어갈 수 있도록
자전거를 타고 가는
사람들은 모두
배꼽이 단단하다

키보다 큰 자전거 타고
심부름 가던 아이는
바다 그 어디쯤에서
아버지를 만날까
바람이 단추 사이로
배꼽으로 팽팽 돈다

자전거를 타고 간다
가두리 바다 위
박제된 시간 너머
어쩌면 기다릴 사람
단추가 핑그르르 돈다
배꼽이 시원하다

부산광역시 동구 좌천동 매축지

중앙동을 기억하는가

두고 온 그림자가 있다
오래된 중앙동 골목에는
불심검문을 피해 숨어든
오래된 그림자가 있고
오지 않는 너를 기다려
그림자가 된 계단이 있고
보도블록 깨고 닻을 내린
녹슨 포경선이 있고
그토록 많은 날 생각도
흔적 없는 시간의 그늘
오래된 주점 양산박에는
하얀 머리 한 무리가 있고

두고 온 그림자가 있다
내가 오랫동안 잊고
찾아가지 않은 골목을
어느 날 우연히 걷다가
기억도 나지 않는 말이
아직도 허공을 떠돌고 있는 것을 볼 때
말은 어떻게 과거를 감금하는지
그토록 많은 날 생각은 나뭇잎처럼
어느 날 푸르고 붉고 하얗게 너울거리다가
너와 나 사이를 스쳐가는
그림자는 누구의 것인가

BUS
버스
HYUNJIN
60
국제여객터미널
국립해양박물관
6.6km

p 141

진눈깨비 날리는 오후
버스정거장에 서서
내가 잠시 생각한 것은
땅에 닿지도 못한 채
사라져가는 눈송이보다
버스에 실려 사라져가는
사람들의 모습이
더 슬퍼 보이더라는 것

오지 않는 버스를 기다리며
내가 잠시 생각한 것은
나는 이 지상에 없는 번호의 버스를 기다리고
그는 어느 다른 행성 정거장에 서 있을 거라는 것

버스를 기다리며

學部編纂
普通教育
唱歌集 第一輯
解放記念詩集
漢陽五百年歌
SPARK
SPA

hot
dog

키치에
대하여

이발소 의자는 검정 아니면 빨강이다
고흐는 빨간 의자에 앉아 노란 해바라기를
그린다 어떤 날은 초상화도 그린다

우리 동네 이발소에 걸린 해바라기 그림은
고흐가 안 그린 그림이다 고흐가 안 그린
그림이지만 누구나 고흐가 그린 그림이라고
생각한다 그렇다면 이 그림을 그린 사람은 누구인가

키치라고 부른다 그는 이따금 초상화를 그린다
윤동주 안중근 홍범도 이승만도 그린다
사람들은 야한 잡지를 더 좋아한다
그건 키치가 원하는 바이기도 하다

고흐가 이발소 의자에 앉아 해바라기를 그린다
고흐가 그린 그림이 이발소 벽에 걸리면
그 그림은 이발소 그림일까 아닐까

*팬텀 스레드

벗어나지 못하는 건 그립다는 것
그립다는 건 벗어날 수 없다는 것
그는 옷 속에 귀신같은 바느질로
흔적도 없이 비밀을 꿰맸다

강하다는 건 약해질 수 있다는 것
약하다는 건 강해질 수 있다는 것
그는 독버섯을 먹고 사흘을 앓고
나흘을 강하게 살았다 그녀가
독버섯 요리를 만드는 과정을 지켜보며
기대와 불안 안도와 절망 그 모든
불온한 미래가 버터에 녹아 향기로움이
코끝을 타고 영혼을 잠식할 때까지

*폴 토마스 앤더슨 감독의 영화(2018)

MVP
28-3

틈

이와 잇몸 사이 틈이 생겨
무얼 먹으면 자꾸 낀다
먹고 사는 일에 틈이 생기면
성가시다고 하나
비루하다고 하나
힘 빠진 가을 모기 한 마리
소리도 못 내고

내 손등을 기웃거린다

너도 참
나는 그저 허공에 손바람
구름이 흩어지네
돌담 틈 사이 스며드는
별이 참 질기다

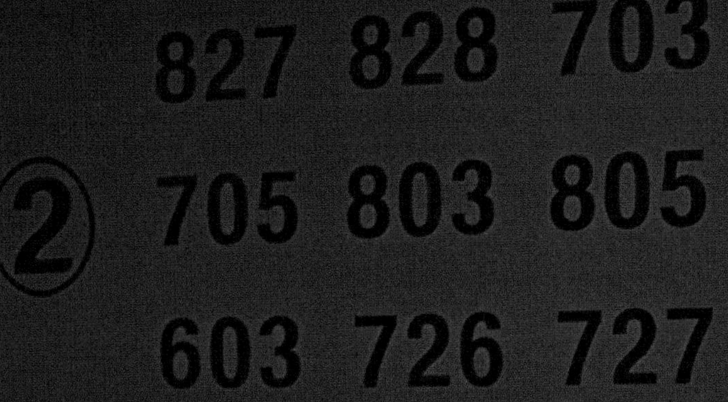
827 828 703
② 705 803 805
603 726 727

실로 문의 바랍니다

BUS
HYUNJIN
60
대교로
국제여객터미널
국립해양박물관
6.6km
연안여객터미널

파도는
7번 국도를 타고
종점에서
내려

—

부산데파트 앞 버스정류소는 7번 국도의 시작 또는 종점
우리집은 종점이었어 산7번지 처음 보는 마이크로버스가
똑같이 생긴 집에서 똑같이 생긴 아이들을 실어날랐어
똑같은 책가방을 메고 똑같은 학교에서 똑같이 생기지 않은
한 여자아이를 좋아하던 어느 날 내가 전학 온 것처럼
그 아이도 전학을 가버리고 나는 인생이 무언가 오면
가는 것이라고 비정한 것이라고 잡을 수 없는 것이라고
어디론가 사라졌다가 나타나는 하루는 종점에서 시작되었어
아침이면 늘 신발이 젖었어 밤새 파도가 다녀간 거야
파도는 7번 국도를 타고 온다고 그래서 종점에 내려
처음에 이상했던 일이 계속 일어나면 아무도 의심하지 않아
아무도 도망치지 못한 하루가 말라비틀어진 화분 사이로 걸어가면
아저씨 제발 화분에 물 좀 주세요 글쎄 파도가 화분만 적시지 않는구나
공허한 대답처럼 버스가 다시 오면 젖었다 마른 행주처럼
종점에서 시작되는 아침 젖은 신발을 신고 다니면 세상이 질척거려
자꾸 달아나고만 싶어 7번 국도를 달리면 바다를 볼 수 있을거야
파도를 만나면 내 젖은 신발을 두고 올거야 다시는
젖은 신발을 신지 않을 것이라고 똑같이 생기지 않은
여자아이를 닮은 다 큰 여자가 국수를 마는 집을 나선 날
종점에 버스는 한 대도 없었어

버스를 기다리며

부산광역시 중구 중앙동

진눈깨비 날리는 오후
버스정거장에 서서
내가 잠시 생각한 것은
땅에 닿지도 못한 채
사라져가는 눈송이보다
버스에 실려 사라져가는
사람들의 모습이
더 슬퍼 보이더라는 것

오지 않는 버스를 기다리며
내가 잠시 생각한 것은
나는 이 지상에 없는 번호의 버스를 기다리고
그는 어느 다른 행성 정거장에 서 있을 거라는 것

오지 않는 버스를 기다리며
내가 잠시 생각한 것은
오지 않는 사람은 오지 않아도
만나지 않아도 괜찮다는 것
거기 있다면 거기 있어 줄 수만 있다면

버스 도착 알림판의 숫자들이
진눈깨비처럼 하늘에서 춤을 춘다

단 한 번 지상에 닿고 싶은 춤

해운대로
Haeun-daero
교복 할인판매

17-1
막창볶음있음
溜大腸上市
영업시간
금연시설
WELCOME
MENU
1. fried rice with seafood
2. fried rice with shrimp
3. sweet-and sour pork rice
4. sweet-and sour shrimp rice
5. sweet-and sour chicken rice
6. fried chicken rice
7. fried chicken w/hot sauce rice
8. rice with seafood
9. fried big shrimp
10. eight-treasure seafoo
烧烤大腸头
TSINGTAO
바랍니다.
지정되어 있습니다.
감사합니다.

串·串·串
火鍋 燒烤 專門
마사지
465-9902
뷰티마사지
좋은 양고기 맛있는 양꼬지 기타 중화요식도 최고로 선정 되었음을 알려드립니다. 거듭 감사드립니다.
양고기전문
꼬치류
봄·여름 보양식
발

퍼플
레인

라디오에서 프린스를 들으며
나는 동시 상영 영화관 맨 뒷줄의
구석진 자리를 생각했지
어둠을 찾아 극장에 스며든 사람들
한 편의 영화가 끝나고 다음 영화가
권태로 지친 공간을 잠식할 때까지
눈부시게 밝은 조명을
서로의 얼굴을 견디기 힘들어했지

괜히 뜯기 시작한 유리병 라벨같이
어찌할 수 없는 시간
퍼플 레인, 퍼플 레인…
가늘고 우울한 목소리로 프린스는
울었지 속 깊은 울음을
비에 젖은 것보다 초라한 시간은
녹슨 건전지 위를 느리게 돌고
저거 마이클 잭슨 짝퉁 아이가
누군가의 휜소리에 조명이 화들짝
붉은 낮빛으로 꺼지고
일제히 스크린에 꽂히는 안도하는 눈들

비겁이 일상이 된 시대
광장은 여기저기 찢겨져 나가고
다시 한편의 영화를 기다리는 시간
로터리 뒤엉킨 차들은 멈춰서 있고
퍼플 레인을 듣는다 라디오에서
안녕, 프린스
또 그 시절

부산광역시 해운대구 우동

차이나타운

부곡하와이에서 아르바이트할 때 알던 형이 있었어 마르고 웃는 얼굴의 그는 임시직이었는데 그곳을 자신의 망명지라고 불렀지 수영장이며 놀이공원에는 진짜 하와이에 왔다며 신나는 아이들로 버글거렸어 목욕탕을 개조한 이층 침대 숙소가 너무 더워 밤은 매일 낮보다 길었어 소주를 마시거나 공연장 뒷문으로 들어가 김수희의 노래를 듣곤 하던 나날의 연속이었지 낮이 아이들의 세상이라면 밤은 어른들의 세상 바지 단만 살짝 걷어 올려도 차를 태워준다는 그런 시절이었지 차이나타운이 고향이라는 형은 입버릇처럼 말하곤 했어 여기서 나가면 오토바이 하나 몰고 전국의 공중전화박스 동전을 다 털러 다닐 거라고 그건 통신회사 정직원이 되는 거였는데 유니폼 입고 오토바이 타는 상상만으로 행복해 하곤 했지 가끔 차이나타운을 지날 때면 생각이 나네 형 꿈은 이루었을까 지금은 동전 털 공중전화박스도 없는데

Brown Hands

BROWNHANDS

동래

동래는 부산의 옛 이름
옛날에는 외려 더 컸던 이름
낮에 나온 반달처럼
봄날 매화 한철 이곳은
동래부사 송상현의 위패를 모신 곳

통영의 충렬사는 이순신 장군 모신 곳
시인 백석은 그곳 돌계단에 앉아
명정 샘 물 긷는 처녀들을 바라보며
란이라는 한 여자를 기다렸다는데
나는 아무 기다릴 사람 없고

죽기를 각오하면 산다는 것은
장군의 말씀이고
싸워 죽긴 쉬워도 길 내주기는 어렵다는
선생의 말씀이라네
추풍 같은 말에 매화는 일찍 지고
아이의 달음박질 소리는
꽃잎처럼 가볍기만 한데

동래는 부산의 옛 이름
꽃은 져도 나무는 그대로이고
구름은 머무름 없이 머무는데
나는 아무 기다릴 사람 없고

부산광역시 동래구 안락동 충렬사

오래된
병원

—

아무도 내 생각을 하지 않는 밤
나는 오래 전 병원이었던 다방에 앉아
한 건물의 내력이 한 사람의 생애보다
고단할 수도 있구나 생각하다가
어느 찬 겨울밤 공중전화부스에서
몇 번이나 전화를 받지 않던 너를 생각하고
그 작은 공간의 공허를 생각해내고

아무도 내 생각을 하지 않는 밤
나는 잡히지 않는 얼굴을 생각하다가
스피커에서 들려오는 사이렌 소리
어깨동무하고 걷던 사차선 도로
꽃가루와 뒤엉킨 하얀 가루를 생각하고
머나먼 가자지구에서 폭격 맞은
아주 오래된 병원을 생각하고

제망매가
祭亡妹歌

가을이 오지도 않았는데
떨어지는 나뭇잎처럼
나는 이제 가는 건가요
누이야, 가는 건 나이 순이란다
도솔천 가는 길에 누이는
오빠의 생전 말이 생각나
돌계단에 앉아 기다립니다

오빠는 다시 말합니다
누이야,
오는 건 순서가 있어도
가는 건 순서가 없구나
가서 기다리지 않으련

길을 닦습니다
가는 길 닦습니다

벼락

—

금강경을 펼치는데
거뭇한 게 자꾸 얼쩡거린다
눈 깜박이면 가고 없는 새
수 백 개 태양 같은 빛
잠시 눈을 감으니
벼락처럼 쏟아지는
이것은 무엇인가

형상 있는 것은 본시
허망한 것이라는데
형상도 없이 허망한 건
어떻게 하나
벼락처럼 쏟아지는
이것은 후회인가

그 많은 후회는 모두
돌 속에 감추고
올라오는 생각
헛것이라고
돌아보지 말라고
서로 다른 기억은
만나지 말라고
이것은 여래의 말씀
그런가?

검은새 한 마리가 눈앞에서
자꾸 얼쩡거린다

기장

해안 절경이 장관이라는
기장 용궁사에 와서
붉은 동백만
보고 간다

용왕단이 일품이라는
기장 오랑대에 와서
해안 절경만
보고 간다

알려드립니다!

불에
빌다

불로 태우고자 하는 것은
하늘이 아니라 내 마음
하늘에 비는 내 마음
빌 것마저 태워버린 내 마음
새벽 찬물 한 잔 마시고
길 나선 내 마음
그래야 하늘이 내 마음
알아줄 것이니
불티 한 점 삼키고 본 하늘
내 마음이 없네

부산광역시 기장군 기장읍 연화리

추억 사랑 기억

어느 가을날 남성여고 시화전에 갔습니다 그날 한 여학생에게 반한 선배가 내게 편지를 대신 전해 달라고 했죠 며칠 뒤 나는 아무 생각 없이 교실 앞까지 찾아 갔습니다 소란하면서도 차분한 알 수 없는 냄새가 가득한 교정에서 갑자기 밀려온 창피함과 설레는 기분이 시소를 타기 시작했죠 노란 잎 떨어지는 은행나무 아래 서 있는데 계단을 내려오는 그녀가 보였습니다 눈을 마주치는 순간 내 가슴은 어찌 그리 쿵쾅거리던 지요 난생처음이었을 겁니다 그런 기분은 그녀는 대범하리만치 활짝

없는

의

웃는 모습이었는데 아마 삼학년이라 그럴 거라고 나는 고작 일학년이었으니까요 편지를 건네받은 그녀는 이내 내가 쓴 편지가 아니라는 것을 알아차렸죠 아, 그 표정이라니요 원망과 경멸 섞인 얼굴로 나를 바라보는데 그게 더 예뻐 보였으니 미칠 노릇이었죠 나는 죄 없이 죄지은 사람처럼 어디 지구 바깥으로라도 달아나고 싶었습니다 아마 그날부터 일겁니다 내 오랜 달아나는 습관은요 지금도 가슴 뛰는 이것을 추억 하나 없는 사랑의 기억이라 말할 수 있을는지요

작가의 말

달아나고 싶었다는 과거형이
지금도 달아나는 중이라는 진행형에게 묻는다.
어디까지 왔니, 아직 아직 멀었다.
대답은 마법에 걸린 노래처럼 달라붙는다.
그 틈 사이를 비집고 이 시들이 나왔다.

부산 사람도 잘 모르는 부산의 모습을 담아낸
임재천의 사진은, 단지 영감을 주었다는 말로 부족하다.
사진은 장소에 대한 기억과 확장, 그 너머를 말한다.

50편의 시와 사진으로 묶은 이 시·사진집이
어디로 달아날 지 알 수 없다.

최주식

본 책에 시와 함께 수록된 50점의 사진들은 눈빛출판사의 동의를 얻어 「한국의 발견 03 - 부산광역시」 사진집에서 발췌해 사용한 것임을 밝힙니다.
더불어 땅 위에서 삶이 별처럼 빛나는 도시로 부산을 이루어 온 모든 아지매와 아재들에게 이 자리를 빌려 고마운 마음을 전합니다.

작가 소개

최주식 시인

부산 출생.
2023《국제신문》 신춘문예 등단. 자동차 칼럼니스트로 현재 <오토카코리아> 편집장을 맡고 있다. '월드 카 오브 더 이어' 한국 심사위원이며 대한민국역사박물관, 길 위의 인문학(효성도서관) 강연을 했다. 저서로 『20세기 자동차 열전』과 『그 도시에는 바다가 있네』를 비롯해, 『더 헤리티지 오브 더 슈퍼카』 등 여러 권의 편저가 있다.

임재천 다큐멘터리 사진가

경북 의성 출생.
2000년부터 현재까지 사라지고 변해가는 한국 풍경의 기록에 무게를 두고, 다양하고 생동감 넘치는 사진을 촬영해오고 있다. 2008년부터 2023년에 이르기까지 총 9차례의 특별전 및 초대전을 국립김해박물관, 희수갤러리, 스페이스22 갤러리에서 가졌으며, 저서로 눈빛출판사 『한국의 발견』 시리즈 사진집 5권을 비롯해, 『소양호 속 품걸리』(2014, 눈빛), 『한국의 재발견』(2013, 눈빛)과 『나의 도시, 당신의 풍경』(2008, 문학동네) 외 공저가 여러 권 있다.

부산, 사람

시·사진집

초판 1쇄 발행일	2024년 8월 15일
지은이	최주식, 임재천
편집기획	이언배
디자인	김상범
펴낸곳	C2미디어
	서울시 마포구 희우정로 20길 22-6, 1층 전화 02-782-9905 등록번호 제2018-000157호 등록일 2007년 11월 6일
인쇄	넥스프레스

Published by C2media Publishing Co. in Korea

ISBN 979-11-982519-0-9